USAGES LOCAUX

DANS PARIS

PARIS

MARCHAL ET BILLARD

IMPRIMEURS-ÉDITEURS, LIBRAIRES DE LA COUR DE CASSATION

27, Place Dauphine, 27

1891

USAGES LOCAUX DANS PARIS

USAGES LOCAUX

DANS PARIS

PARIS

MARCHAL et BILLARD

IMPRIMEURS-ÉDITEURS, LIBRAIRES DE LA COUR DE CASSATION

27, Place Dauphine, 27

—

1891

Tous droits réservés.

Le 25 juillet 1840, des Commissions, composées des Juges de paix et présidées par le chef du Tribunal civil, furent instituées dans chaque arrondissement, à l'effet de réunir et codifier les usages locaux survivant à la promulgation du Code civil.

Sous le titre de *Cahier d'informations et renseignements pour servir à la constatation régulière des usages locaux,* on soumit à ces Commissions une série de questions auxquelles elles eurent à répondre.

En 1852, les Juges de paix de Paris dressèrent un *Cahier d'informations* pour les usages de la Ville de Paris. Ce Cahier, bien que non publié, a largement été mis à contribution par les écrivains qui ont traité des matières régies surtout par les usages.

En 1890, les Juges de paix de Paris ont eu la pensée, non pas de refaire le travail de leurs anciens Collègues, mais simplement de le reviser, et de le mettre, s'il y avait lieu, au courant des mœurs et des exigences nouvelles.

Leur tâche a été très facile. Ils ont trouvé dans le Cahier de 1852, des indications précieuses qu'ils ont fidèlement respectées ; ils se sont bornés à faire quelques modifications que le temps avait rendues nécessaires.

I

DISTANCES A OBSERVER

ENTRE LES

HÉRITAGES POUR LES PLANTATIONS

(Article 671 du Code civil).

« Il n'existe pas à Paris de règlement particulier, fixant la distance à observer entre les héritages voisins, pour la plantation tant des arbres à haute tige que des autres arbres et haies vives.

« A défaut de règlement particulier, l'usage est qu'une plantation ne doit pas nuire au voisin ; en conséquence, on se décide, dans la fixation des distances, en matière de plantation, selon que les arbres paraissent plus ou moins susceptibles de causer du tort aux héritages limitrophes.

« Ainsi, il n'y a pas de distance fixe ; les arbres doivent être plantés à une distance telle qu'ils ne nuisent pas.

« Cependant si le dommage est réciproque de la part des deux voisins, s'il se trouve des arbres de part et d'autre d'un mur séparatif moyen, il n'y a pas de distance à observer. Si le mur n'était pas mitoyen, il faudrait tellement éloigner les arbres que le mur n'en pût être aucunement endommagé. » *(Cahier des Usages locaux de la Ville de Paris,* rédigé en 1852.)

La Commission fait plusieurs observations sur cette rédaction.

La division des arbres en arbres à haute tige et arbres à basse tige n'a plus de base légale.

L'article 671 du Code civil a été profondément modifié par la loi du 20 août 1881.

Le projet du gouvernement faisait disparaître les règlements et usages locaux en matière de distance à observer pour les plantations ; il se basait sur cette considération que sur 30 départements qui avaient répondu aux questions adressées à ce sujet, quatre seulement avaient conservé les distances que prescrivait le droit coutumier. Mais le nouvel article, tel qu'il a été voté définitivement, a maintenu les règlements et usages locaux pour les distances à observer entre les héritages pour les plantations, tout en apportant à l'ancien article des modifications importantes.

L'ancien article distinguait les arbres en arbres à haute tige et arbres à basse tige, et réglait les distances selon la nature des arbres. Cette distinction donnait lieu à de nombreuses difficultés ; elle a été supprimée par le nouvel article qui détermine une règle fixe, en prenant pour base la hauteur réelle des plantations.

Le nouveau texte divise les arbres indistinctement, quelle qu'en soit l'essence, en deux classes : arbres dont la hauteur dépasse deux mètres, et arbres dont la hauteur ne dépasse pas deux mètres ; pour la première classe, il admet une distance de deux mètres, et pour la seconde classe, une distance d'un demi mètre.

Ainsi, il est permis d'avoir un arbre quelle qu'en soit la nature ou l'essence, à cinquante centimètres de la ligne séparative des deux héritages pourvu que par des coupes successives, il soit maintenu à une hauteur qui ne dépasse pas deux mètres.

La seconde modification importante introduite dans l'art. 671 du Code civil consiste en ce que les arbres, arbustes et arbrisseaux de toute espèce peuvent être plantés en espaliers de chaque côté du mur séparatif, sans que l'on soit tenu d'observer aucune distance, mais ils ne pourront dépasser la crète du mur. Si le mur n'est pas mitoyen, le propriétaire seul a le droit d'y appuyer ses espaliers.

Enfin le mot *avoir,* substitué au mot *planter* dans l'article 671, a eu pour effet de dissiper un doute qui s'était élevé sur le point de savoir si les distances légales devaient être observées aussi bien pour les arbres venus naturellement que pour ceux plantés par l'homme. L'affirmative, qui était généralement adoptée, n'est plus contestable aujourd'hui.

La Coutume de Paris ne contient aucune disposition sur les distances à observer entre les héritages pour les plantations. A Paris et dans la banlieue il n'y a pas de règlement particulier, mais il y a un usage constant et reconnu, celui de n'observer aucun minimum de distance. En un mot, liberté pleine et entière pour les plantations, mais sous réserve de l'élagage et du dommage que peut éprouver le propriétaire voisin.

Dans le ressort du Parlement de Paris il y avait des coutumes qui s'expliquaient sur les distances à observer dans les plantations, et des coutumes qui n'en parlaient point. Le Parlement de Paris avait adopté pour règle invariable qu'une plantation ne doit pas nuire au voisin.

Ces règles et principes ont été maintenus :

1° Par un arrêt de la Cour d'appel de Paris, en date du 2 décembre 1820, confirmant un jugement du Tribunal civil de la Seine en date du 5 août 1819 ;

2° Par un arrêt de la dite Cour, en date du 27 août 1858, confirmant un jugement du même Tribunal ;

3° Par un jugement rendu par le même Tribunal le 18 novembre 1885, statuant en ces termes :

« Attendu que l'article 671 du Code civil n'établit une distance légale pour les plantations qu'à défaut de règlements et usages locaux, constants et reconnus ;

« Attendu que l'usage constant dans la ville de Paris est de planter à toute distance, et que cet usage s'explique par des nécessités spéciales ; qu'en effet, la plupart des plantations intérieures seraient impossibles, si la distance fixée par l'article 671 pouvait prévaloir contre ces usages ;

« Mais attendu que ledit usage ne peut avoir lieu que sauf élagage et réparation du préjudice causé, etc. »

Un arrêt de la Cour de Paris en date du 17 février 1862, Sirey (1862, 2, 137) et mentionné dans le Code Perrin ou *Dictionnaire des constructions et de la contiguité* (n° 207), n'est pas conforme aux décisions judiciaires précitées. Cet arrêt décide que les plantations d'arbres à haute tige, dans l'intérieur de la ville de Paris, ne peuvent avoir lieu à une distance moindre que celle d'un mètre de la ligne séparative des héritages. Mais les termes de l'arrêt semblent indiquer qu'une sorte de transaction était intervenue entre les parties et que la Cour n'a fait qu'homologuer la transaction.

En considération de ces observations la Commission propose la rédaction suivante :

« Il n'existe pas à Paris de règlement particulier fixant la distance à observer entre les héritages voisins pour plantation des *arbres, arbustes et arbrisseaux*.

« A défaut de règlement particulier, l'usage est que les *arbres, arbustes et arbrisseaux, soit plantés, soit venus naturellement,* ne doivent pas nuire au voisin ; en conséquence, on se décide dans la fixation des distances selon que les *arbres, arbustes et arbrisseaux* paraissent plus ou moins susceptibles de causer du tort aux héritages limitrophes.

« Ainsi, il n'y a pas de distance fixe ; les *arbres, arbustes et arbrisseaux* doivent être plantés à une distance telle qu'ils ne nuisent pas.

« Cependant, si le dommage est réciproque de la part de deux voisins ; s'il se trouve des arbres de part et d'autre d'un mur séparatif mitoyen, il n'y a pas de distance à observer. Si le mur n'était pas mitoyen, il faudrait tellement éloigner les arbres que le mur n'en pût être aucunement endommagé.

« *Les arbres, arbustes et arbrisseaux de toute espèce peuvent être plantés en espalier de chaque côté du mur séparatif, sans que l'on soit tenu d'observer aucune distance ; mais ils ne peuvent dépasser la crète du mur. Si le mur n'est pas mitoyen, le propriétaire seul a le droit d'y appuyer ses espaliers.* »

Cette rédaction est adoptée.

II

DE LA DISTANCE

ET DES OUVRAGES INTERMÉDIAIRES

REQUIS POUR CERTAINES CONSTRUCTIONS

*(Article 674 du Code civil. — Articles 188, 189, 190, 191,
192, 217, de la Coutume de Paris).*

QUESTIONS POSÉES ET RÉSOLUES
DANS LE CAHIER DES USAGES LOCAUX DE LA VILLE DE PARIS
RÉDIGÉ EN 1852

1° Existait-il à Paris, au jour de la promulgation du livre II, titre IV, du Code civil, des règlements particuliers, sur les objets ou l'un des objets spécifiés dans l'article 674, ainsi conçu :

« Celui qui fait creuser un puits ou une fosse d'aisance près d'un mur mitoyen ou non ; celui qui veut y construire cheminée ou âtre, forge, four ou fourneau, y adosser une étable, ou établir contre ce mur un magasin à sel, ou amas de matières corrosives, est obligé à laisser la distance prescrite par les règlements et usages pour éviter de nuire au voisin. »

Oui. — Ces règlements sont dans les articles 188, 189, 190, 181, 192 et 217 de la Coutume de Paris, ainsi conçus :

Art. 188. — « Qui fait établé contre un mur mitoyen,

doit faire contre-mur de huit pousses d'épaisseur, s'élevant en hauteur jusqu'au rez de la mangeoire. »

Art. 189. — « Qui veut faire cheminée et âtre, contre le mur mitoyen, doit faire contre-mur de tuileaux ou autre chose suffisante, de demi-pied d'épaisseur. »

Art. 190. — « Qui veut faire forge, four ou fourneau, contre le mur mitoyen, doit laisser demi-pied de vide et intervalle entre-deux du mur et du four ou forge, et doit être ledit mur d'un pied d'épaisseur. »

Art. 191. — « Qui veut faire aisance de privés ou puits contre un mur mitoyen, doit faire contre-mur d'un pied d'épaisseur ; et où il y a puits d'un côté et aisance de l'autre, suffit qu'il y ait quatre pieds d'épaisseur de maçonnerie entre-deux comprenant les épaisseurs des murs de part et d'autre ; mais entre deux puits suffiront trois pieds seulement. »

Art. 192. — « Celui qui a place, jardin ou autre lieu vide qui joint immédiatement au mur d'autrui ou au mur mitoyen et qui veut faire labourer ou fumer, est tenu de faire contre-mur de demi-pied d'épaisseur ; et s'il y a terres jectisses ou rapportées, il est tenu de faire contre-mur d'un pied d'épaisseur. »

Art. 217. — « Nul ne peut faire fossés à eaux ou à cloaques s'il n'y a six pieds de distance en tous sens des murs appartenant aux voisins ou mitoyens. »

2° L'usage s'applique-t-il à toute espèces d'âtres, forges, fours ou fourneaux ?

Les dispositions des articles 189 et 190 de la Coutume de Paris sont générales et s'appliquent à toute espèce d'âtres, forges, fours ou fourneaux.

Il est néanmoins admis que s'il ne s'agit que d'un fourneau potager à établir dans une cuisine d'une maison particulière, et lorsque le mur auquel il doit être adossé est de bonne maçonnerie, le contre-mur n'est pas nécessaire, et le fourneau n'a pas besoin d'être isolé du mur.

Si, néanmoins, au lieu d'un mur, il n'y avait qu'une cloison, il faudrait indispensablement un contre-mur d'épaisseur et de maçonnerie telle que la cloison ne puisse souffrir par le feu. Il devrait être de toute la longueur du fourneau et l'excéder en hauteur.

Mais s'il s'agissait d'un fourneau ou potager de la cuisine d'un rôtisseur, d'un restaurateur, ou, en général, d'une cuisson où le feu est considérable et presque continuel, dans ce cas on ne saurait prendre trop de précaution afin d'éviter l'incendie : aussi contre-mur d'un demi-pied d'épaisseur et isolement d'un demi-pied, tout doit être pratiqué.

Quant aux forges destinées à la fabrication des enclumes et des essieux qui ne peuvent être établies sans l'autorisation préalable de la police, de même que tous établissements dangereux et désignés dans les décrets et ordonnances, leur formation n'est permise qu'après que l'autorité a acquis la certitude que, par les travaux qu'elle a prescrits, ils ne peuvent ni incommoder les voisins, ni leur causer de dommages.

Il ne suffirait pas pour leur établissement de se conformer à l'usage.

3° Sur l'article 191 de la Coutume, *quid,* s'il y a puits d'un côté et fosse d'aisance de l'autre ?

C'est au voisin qui construit le dernier de ces objets à donner à son contre-mur toute l'épaisseur voulue par les statuts locaux, et à pourvoir au défaut de contre-mur de l'autre construction, et si le mur intermédiaire avait déjà toute l'épaisseur voulue, il devrait toujours, et dans tous les cas, faire un contre-mur qui aurait au moins 0 m. 33 centimètres d'épaisseur, surtout celui de la fosse.

La longueur de ce contre-mur doit être telle que les urines en filtrant ne puissent pas attaquer le mur par les extrémités du contre-mur.

Pour éviter ces inconvénients on exige que le contre-mur autour de la fosse soit de la même longueur que le mur, de manière que les matières soient renfermées comme dans un pot.

4° Encore sur l'article 191, *quid* entre deux puits ?

L'article 191 le dit *in fine* : il doit y avoir trois pieds (un mètre) de maçonnerie.

5° Existe-t-il des règlements ou usages prescrivant certaine distance ou certaines précautions relativemeut aux magasins de sel ou amas de matières corrosives dont parle *in fine* l'article 674 du Code civil ?

Le cahier de 1852 se borne à répondre : Si le mur est mitoyen ou susceptible de le devenir, on doit établir un contre-mur en bonne maçonnerie de 33 centimètres d'épaisseur et un mètre de fondation.

6° *Quid* relativement au creusement de carrières, de mares, de fossés citernes ou réservoirs d'eau ?

Le cahier ne répond pas quant aux carrières ; mais à Paris, toute exploitation de carrières, de pierres à bâtir, moëllons, pierres à chaux, plâtre, etc., est interdite par les règlements des 22 et 4 juillet 1843. (Art. 54 et 57.)

Quant aux mares, fossés, citernes et réservoirs d'eau, il exige six pieds (deux mètres) de distance du mur du voisin ou mitoyen.

7° Enfin existe-t-il d'autres établissements ou travaux

pour lesquels l'usage ou les règlements prescrivent des distances ou certains ouvrages de précaution ?

Le cahier ne répond pas.

Mais il y a les caves, dont les conditions de constructions ont fait l'objet d'un règlement en date de 1865 auquel il y a lieu de se reporter.

Quant aux écuries, bien que l'article 188 de la Coutume de Paris ne parle que des étables, les conditions sont les mêmes.

Il en est ainsi pour les dépôts de matières corrosives.

Quant aux machines à vapeur, leur établissement est soumis à des conditions particulières autrefois réglées par l'ordonnance du 25 janvier 1843 ; mais à cette ordonnance a succédé un décret du 24 avril 1865, enfin le décret du 30 avril 1880 auquel il suffit de se reporter.

III

CLOTURES

(Article 663 du Code civil.)

Quelle doit être la hauteur de la clôture entre voisins ?

En quels matériaux et de quelle manière doivent être construits les murs de séparation dont parle l'article 663 du Code civil ?

Quelle est, d'après l'usage, l'épaisseur des murs de clôture suivant l'espèce de matériaux employés ?

Ces trois questions ont été résolues dans les termes suivants extraits du cahier des usages locaux de la Ville de Paris rédigé en 1852.

I

L'art. 209, de la Coutume de Paris, disposait dans les mêmes termes que l'article 663 du Code civil. Il portait : « Que chacun peut contraindre son voisin y ville
« et faubourg de la prévôté de Paris à contribuer pour
« faire clôture faisant séparation de leurs maisons, cours
« et jardins situés y dite ville et faubourg jusqu'à la
« hauteur de dix pieds du rez-de-chaussée compris le
« chaperon. »

Cependant, comme cette obligation de se clore jusqu'à une certaine hauteur est purement de droit privé, l'usage a consacré que lorsque deux voisins sont d'accord, il leur est libre de faire les murs de clôture mitoyens qui séparent leurs héritages plus ou moins hauts pour plus de sûreté ou pour conserver plus d'air et de jour.

Si l'on veut mettre sur ce mur des chardons ou des grilles de fer, ils y doivent être mis à frais communs, mis et scellés sur le milieu de l'épaisseur ; si c'est aux dépens d'un seul, il doit les faire mettre plus près du parement du mur de son côté.

II

Ces murs doivent être construits en bons moëllons et non en plâtre ; ils seront construits à frais communs et sur terrain commun. Cependant, si par une inégalité de terrain due purement à la nature, le fonds supérieur forme une espèce de terrasse, le mur qui soutient ces terres est considéré comme une dépendance et en conséquence appartient au propriétaire du fonds supérieur ; la partie du mur au-dessus qui doit avoir la hauteur légale mesurée du terrain supérieur, est construite à frais communs et demeure mitoyenne, tandis que celle inférieure reste au compte du possesseur du fonds le plus élevé sans aucune indemnité de surcharge.

Il en est autrement si l'inégalité des terrains provient du fait de l'un des deux voisins, soit parce qu'il aurait élevé son terrain, soit parce qu'il l'aurait abaissé en creusant des caves ou souterrains. Dans l'un ou l'autre cas, c'est à celui qui a causé l'inégalité des terrains à faire à ses frais le contre-mur de terrassement ou de soutènement, et de le monter jusqu'au niveau du terrain le plus élevé. Ce mur de soutènement lui appartient exclusivement, il doit l'entretenir et il ne lui est rien dû pour la surcharge du mur mitoyen qui est élevé au-dessus jusqu'à la hauteur légale.

III

Lorsque l'on construit un mur mitoyen dans Paris et ses faubourgs, pour la première fois, et pour séparer deux héritages qui n'ont pas encore été séparés, l'usage est de donner 28 pouces d'épaisseur au mur pris par moitié, sur chacun des héritages ; et si l'un des voisins

a besoin qu'il soit plus épais, il est tenu de fournir sur
son fonds l'excédent de largeur pour l'asseoir, et l'excédent de dépense qu'a occasionné cet excédent d'épaisseur.

Mais quand on construit un mur à la place d'un ancien
mur caduc, mauvais ou démoli, l'un des voisins ne peut
pas contraindre l'autre à le faire plus épais qu'il n'était.

La partie en fondation des murs de clôture mitoyens
depuis le ban ou s'ils sont de fond jusqu'au rez-de-
chaussée, doit être construite en moëllons et libage de
bonne qualité, etc., etc., avec bon mortier d'un tiers
de chaux et deux tiers de bon sable (le plâtre est interdit pour ces parties de murs). Ceux au-dessus doivent
être élevés en retraite de trois pouces (8 cent.) de chaque côté ; ainsi le mur en élévation ayant 49 cent.
(18 pouces) par le bas, le mur de fondation doit avoir
65 cent. (2 pieds) d'épaisseur ; les murs en élévation
sont hourdis de plâtre passé au panier.

L'épaisseur des murs de clôture la plus usitée est de
49 cent., mais il n'y a pas d'usage constant là-dessus ;
elle n'est pas invariablement fixée, elle est arbitraire.
Les uns donnent une épaisseur de 18, les autres de
15 pouces et moins, c'est pourquoi un propriétaire ne
peut pas contraindre son voisin de donner 18 pouces à
un mur de clôture ; il faut qu'ils en conviennent et s'ac-
cordent là-dessus.

Si deux héritages situés dans Paris ou ses faubourgs
se trouvent séparés par une clôture en planches, char-
pente et maçonnerie, l'un des voisins peut contraindre
l'autre à contribuer à la construction d'un mur à la
place de la cloison et à fournir le fonds pour l'épaisseur
du mur, chacun par moitié de son côté également ; cet
usage est basé sur la sûreté publique qui le requiert.

La Commission ne proposant ni modifications, ni
additions, les solutions qui précèdent sont adoptées.

2

IV

LOUAGE

DES

DOMESTIQUES & OUVRIERS

(Articles 1780, 1134, 1159 du Code civil.)

RÉDACTION DU CAHIER DE 1852.

Les domestiques de l'un ou l'autre sexe ne sont pas loués de droit par l'usage pour une période déterminée.

Mais il existe entre le congé et la sortie un délai de grâce.

Congé.

Ce délai varie suivant la nature des fonctions :

1° Les domestiques bourgeois, valets de chambre, laquais, cochers, cuisiniers, femmes de chambre, bonnes

IV

LOUAGE

DES

DOMESTIQUES & OUVRIERS

(Articles 1780, 1134, 1159 du Code civil.)

RÉDACTION DE LA COMMISSION DE 1890

La Commission n'entend apporter aucune modification à la rédaction de 1852, expliquant seulement que le délai de huitaine, même à l'égard du domestique entré depuis 24 heures, doit être de jour à jour et que la dérogation à ce principe général permettant le renvoi immédiat ne saurait s'appliquer qu'aux faits d'infidélité, d'immoralité ou de manquements graves tels qu'insolence, refus de service, etc.

RÉDACTION DU CAHIER DE 1852

—

d'enfants logés et nourris au domicile du maître ne peuvent être congédiés ni quitter leur service, suivant l'usage, qu'après un avertissement donné huit jours d'avance.

Ce délai est dû même à l'égard du domestique entré depuis 24 heures seulement.

Si c'est le domestique qui veut sortir immédiatement sans donner ses huit jours de service, le maître est fondé à lui retenir pour toute indemnité le décompte de huit jours de gages.

Si, au contraire, le maître veut congédier immédiatement le domestique, il le peut en lui payant le prorata des huit jours, sans aucune addition pour la nourriture et le logement.

Ces obligations et indemnités sont réciproquement obligatoires, sauf l'appréciation par les tribunaux des circonstances qui ont pu motiver le renvoi ou la sortie immédiate et qui pourraient, par suite, motiver la décharge de l'indemnité en tout ou en partie.

2° Les règles ci-dessus s'appliquent aux concierges.

Si le concierge est en même temps locataire, comme cela arrive parfois, d'une chambre ou d'un cabinet, en ce cas, le titre de concierge subordonné à la volonté du propriétaire absorbe tous les autres ; le titre principal absorbe les accessoires et le concierge est expulsable du cabinet ou de la chambre dont il payait le loyer en même temps que de sa place, sans autre congé ni délai, selon la volonté du propriétaire qui, dans ce cas, ne peut exiger le paiement du terme de loyer.

Un locataire n'a pas le droit de recueillir à titre de sous-locataire le concierge congédié, l'usage s'y oppose ; ce n'est plus jouir paisiblement et en bon père de famille.

RÉDACTION DE LA COMMISSION DE 1890

La Commission croit devoir modifier la rédaction relative à l'interdiction pour tout locataire du droit de sous-louer au concierge congédié, dans ce sens :

« Le locataire n'a pas le droit de recueillir à quelque
« titre que ce soit, même de sous-locataire, le concierge
« congédié. »

RÉDACTION DU CAHIER DE 1852

—

3° Les domestiques participant à la profession du maître, tels que chef d'étal de boucher, chef de cuisine ou d'office chez un traiteur ou un limonadier, garçon marchand de vins, garçon pâtissier ou charcutier, commis marchand, demoiselle de comptoir ou de magasin, teneur de livres, ne peuvent être congédiés ni quitter leurs patrons sans un avertissement de quinze jours d'avance, si non, il est dû une indemnité respectivement de ces quinze jours. En outre, s'ils se retirent sans prévenir, ils sont passibles du remboursement des extras que le patron a dû mettre forcément à leur place, et ils sont même tenus de l'indemnité de tout le dommage qu'a pu lui causer cette sortie intempestive et imprévue, le tout sauf l'appréciation par les tribunaux des circonstances qui ont pu motiver le renvoi ou la sortie immédiate.

Ces règles ne s'appliquent à l'égard des teneurs de livres qu'à ceux attachés spécialement à la maison de commerce et non à ceux qui viennent donner quelques heures tantôt dans une maison, tantôt dans une autre.

RÉDACTION DE LA COMMISSION DE 1890

La rédaction du numéro 3 doit être modifiée de la manière suivante :

« Les domestiques participant à la profession du maître, tels que chef d'étal de boucher, garçon pâtissier ou charcutier, commis marchand, demoiselle de comptoir ou de magasin, teneur de livres, choristes et musiciens d'orchestre, ne peuvent être congédiés ni quitter leurs patrons sans un avertissement donné quinze jours à l'avance, sinon, il est dû une indemnité respectivement de ces quinze jours. En outre, s'ils se retirent sans prévenir, ils sont passibles du remboursement des extras que le patron a dû mettre forcément à leur place et ils sont même tenus de l'indemnité de tout le dommage qu'a pu lui causer cette sortie intempestive et imprévue, le tout sauf l'appréciation par les tribunaux des circonstances qui ont pu motiver le renvoi ou la sortie immédiate.

« Ces règles ne s'appliquent à l'égard des teneurs de livres, qu'à ceux attachés spécialement à la maison de commerce et non à ceux qui viennent donner quelques heures tantôt dans une maison, tantôt dans une autre.

« Le tout bien entendu sans dérogation aux conventions particulières intervenues entre les parties et les règlements particuliers des grandes maisons de commerce affichés dans ces maisons et dont les employés, par suite, ne peuvent prétexter ignorance.

« A l'égard des cochers, loueurs de voitures, charretiers et garçons déménageurs, garçons de restaurant, de café, de marchand de vins, filles de brasserie, garçons bouchers, garçons de bain, et femmes de ménage, travaillant à l'heure, ou ayant un gage fixe payable par mois, aucun délai n'est obligatoire. »

RÉDACTION DU CAHIER DE 1852

4° Les maîtres d'études, sous-maîtres et sous-maîtresses dans les écoles primaires sont soumis aux usages ci-dessus indiqués pour les domestiques attachés à la profession.

Pour les maîtres d'études, sous-maîtres et sous-maîtresses dans les maisons d'éducation, il n'existe pas d'usage bien établi, non plus que pour les professeurs qui y sont employés.

Pour les répétiteurs et maîtres d'agrément (musique, dessin, danse, etc...), il n'est dû que les leçons effectivement données. Rien pour les leçons et répétitions qui seraient subitement interrompues.

Certificat.

Il est d'usage de délivrer un certificat au domestique congédié ou sortant naturellement.

Mais le maître n'est tenu de délivrer un certificat que pour attester le jour de l'entrée à son service et le jour de la sortie.

Il n'est pas obligé de fournir son attestation sur d'autres points.

Mode d'engagement.

Il n'y en a pas d'autre que le denier à Dieu donné par le maître au domestique, et chacun d'eux a 24 heures pour se dédire en le reprenant ou le rapportant.

Et si le domestique n'entre pas au jour fixé par le changement de volonté, soit du maître, soit du domestique, une indemnité de huit jours est réciproquement acquise d'après les règles et sauf les cas mentionnés plus haut.

RÉDACTION DE LA COMMISSION DE 1890

Pour le numéro 4, la seule modification que la Commission propose d'apporter serait celle de huitaine pour les leçons et répétitions qui seraient subitement interrompues, et celle de quinzaine pour les maîtres d'études, sous-maîtres et sous-maîtresses dans les maisons d'éducation. Pour les répétitions et leçons données au cachet, les répétitions et leçons effectivement données sont seules dues. Il y a lieu d'admettre les mêmes principes pour les professeurs d'art et d'agrément.

Certificat.

Il est d'usage de délivrer un certificat légalisé au domestique ou employé, congédié ou sortant naturellement.

Mais le maître ou le patron n'est tenu de délivrer ce certificat que pour attester le jour de l'entrée à son service, le jour de la sortie, et constater la qualité en laquelle a été accueilli celui auquel le certificat est délivré.

Le maître ou le patron n'est pas obligé de fournir son attestation sur d'autres points.

Mode d'engagement.

Adopté.

RÉDACTION DU CAHIER DE 1852

—

Indépendamment des usages ci-dessus mentionnés, il en existe d'autres pour les domestiques et serviteurs dans leurs rapports avec leurs maîtres.

1° Pour les domestiques attachés à la personne :

Ils ne sont tenus entr'eux que de la perte de l'argenterie. — Pour le linge, celui-là seul en est responsable. qui l'a reçu en compte et qui est chargé d'en prendre soin.

Quant à la casse, elle n'est pas toujours à leur charge, et la responsabilité à cet égard varie et s'atténue suivant les circonstances.

Les frais de maladie du domestique ne doivent pas être retenus sur ses gages; le maître qui l'a fait traiter chez lui plutôt que 'de l'envoyer à l'hospice a fait un acte d'équité et de générosité non restituable. Il doit même la continuation des gages si la maladie est de courte durée et si le malade n'est pas remplacé par un autre domestique dont le service est payé.

2° Pour les concierges :

L'usage les oblige à recevoir les lettres, les paquets et cartes de visite adressés aux locataires et aux personnes habitant avec eux, et à les monter aux différents étages qu'ils occupent.

Ils doivent ouvrir la porte à toute heure de nuit et donner l'adresse de chacun des locataires qui vient à quitter la maison.

L'usage accorde au concierge une bûche par chaque double stère de bois à brûler que le locataire fait venir, ou à son choix un franc en argent. Le concierge qui sort après s'être fait remettre soit la bûche, soit le franc, n'a nullement à en rendre compte au concierge qui le remplace.

RÉDACTION DE LA COMMISSION DE 1890

1° Pour les domestiques attachés à la personne :

A l'égard des pertes à faire supporter aux domestiques, la commission estime :

Que la perte de l'argenterie doit être supportée par celui qui l'a prise en charge ; qu'il en est de même à l'égard du linge, de la vaisselle et de la batterie de cuisine, et qu'aucune solidarité ne saurait être imposée aux domestiques entre eux.

Quant à la casse, pour être mise à la charge des domestiques, le maître doit établir la faute et la négligence de la part de ces derniers.

2° Pour les concierges :

La rédaction de 1852 doit être modifiée en leur imposant l'obligation de monter au moins trois fois par jour les lettres aux locataires ;

Et enfin de rayer complètement l'usage relatif à la bûche comme n'ayant pas d'intérêt en raison des divers modes de chauffage actuel.

RÉDACTION DU CAHIER DE 1852

3° *Pour les Nourrices :*

Les mois sont payables d'avance, et tout mois commencé est dû à la nourrice.

4° *Pour les Domestiques qui participent à la profession :*

Tous ceux attachés à une maison sont tenus contributoirement à la perte de l'argenterie et du linge, ainsi qu'à la casse ; le bénéfice des troncs et les profits les indemnisent de cette charge.

RÉDACTION DE LA COMMISSION DE 1890

A l'article concernant les nourrices, il convient d'ajouter que les mois sont payables d'avance et que tout mois commencé est dû à moins de renvoi justifié, et que le maître est toujours en droit de réclamer le ruban et le manteau. La nourrice renvoyée a droit à 15 jours d'indemnité.

A cette occasion enfin, la commission relève que la livrée et le deuil sont en tout cas également restituables par les domestiques, et s'il peut y avoir des modifications à ce principe, cela ne pourrait exister que pour la petite livrée.

Le délai de congé pour le jardinier est de huitaine comme pour les domestiques et gens à gages. Cette règle ne s'applique pas au jardinier à l'année.

V

BAUX VERBAUX

§ 1er

TERMES D'ENTRÉE EN JOUISSANCE
TERMES DE PAIEMENT
DÉLAIS POUR LES CONGÉS

(Articles 1736, 1738, 1758, 1759 du Code civil.)

---

§ 2

PAIEMENTS DES SOUS-LOCATAIRES

§ 3

TACITE RECONDUCTION

§ 4

LOCATION DE MEUBLES

(Articles 1753, 1738, 1757, 1776 du Code civil.)

RÉDACTION DU CAHIER DE 1852

§ 1er

Pour quels temps sont réputés faits les baux verbaux ?

Quels sont les termes ou usages pour l'entrée en jouissance ? pour le paiement des loyers ?

Quels sont les délais à observer pour donner ou recevoir congé ?

Lorsqu'il s'agit :	DURÉE des BAUX VERBAUX	TERMES d'entrée EN JOUISSANCE	TERMES DE PAIEMENT	DÉLAIS A OBSERVER POUR LES CONGÉS
De jardins potagers ou maraîchers, sans habitation.	Sont faits pour l'année entière.	1er octobre.	Janvier, avril, juillet, octobre.	On doit observer un délai de six mois pour les congés, qui doivent être donnés avant le 1er avril pour le 1er octobre.
Maison entière. Maison ou portion de maison occupée par un commerçant ou marchand ayant boutique ou magasin de vente en gros ou détail. Maison ou portion de maison occupée par : Un aubergiste ou maître d'hôtel, Un entrepreneur de roulage, Une entreprise de messagerie, Une entreprise commerciale, Un maître de poste, Un artisan (tel que maréchal, serrurier, charpentier, menuisier, etc.). Maison contenant	La durée des baux verbaux est subordonnée aux délais adoptés par l'usage pour les congés.	L'entrée en jouissance peut avoir lieu à chacun des quatre termes de l'année, qui commencent le Ier des mois de janvier, d'avril, de juillet et d'octobre. Lorsque les lieux sont encore occupés par le locataire sortant, cette entrée en jouissance n'a lieu que le 15 pour les baux verbaux de maison entière, corps de logis entier, magasin et boutique sis à rez-de-chaussée et ouvrant sur rue, passage public et cour marchande.	Le prix de loyer stipulé pour l'année se paie par quart, à l'échéance des termes de janvier, d'avril, de juillet et d'octobre. Chaque terme de loyer est exigible à son échéance ; néanmoins, par tolérance, les bailleurs ne réclament généralement le paiement que le quinzième jour du mois commençant le terme qui suit.	Les usages de Paris reconnaissent trois délais divers à observer pour les congés ; ces délais se règlent sur le taux du loyer, la nature des lieux loués et la profession ou fonction des locataires ; ils sont, suivant les circonstances, de six mois, de trois mois ou de six semaines : Congés à six mois, Congés à trois mois, Congés à six semaines. Pour les maisons entières, portions de maisons, quelle que soit d'ailleurs la destination des lieux loués, d'après l'usage qui embrasse dans sa généralité tous les baux de maisons, portions de maisons ou bâtiments quelconques, il faut distinguer : 1° s'il s'agit d'une maison entière ; 2° d'un corps de logis entier ; 3° si les lieux loués, alors même qu'ils ne forment pas corps de logis entier, sont des magasins ou boutiques à rez-de-chaussée.

REDACTION DE LA COMMISSION DE 1890

§ 1er

Adopté.

Adopté.

RÉDACTION DU CAHIER DE 1852

Lorsqu'il s'agit :	DURÉE des BAUX VERBAUX	TERMES d'entrée EN JOUISSANCE	TERMES DE PAIEMENT	DÉLAIS A OBSERVER POUR LES CONGÉS
D'un atelier, d'une fabrique : De tannerie. De chapellerie, De teinturerie, D'imprimerie. D'usine, suivant les différentes natures d'établissements, tels que : Moulin à blé, Moulin à tan, Moulin à huile, Fouloir, Filature, Papeterie, Haut-fourneau, Forge, Four à briques, Four à chaux, Four à plâtre, Usine à gaz, Verrerie, Boulangerie.				ouvrant sur rue, passage public ou cour marchande avec libre accès au public. Dans les trois cas ci-dessus énumérés, l'usage prescrit un délai de six mois pleins pour les congés réciproques, qui peuvent être également donnés au plus tard le 31 décembre pour sortir au terme de juillet, le 31 mars pour sortir au terme d'octobre, le 30 juin pour sortir au terme de janvier, le 30 septembre pour sortir au terme d'avril. Tous autres baux verbaux qui ne présentent pas une de ces circonstances de maison entière, de corps de logis entiers, magasins ou boutiques sis à rez-de-chaussée et ouvrant sur rue, passage public ou cour marchande avec libre accès au public (sauf les exceptions relatives à certaines professions énoncées ci-après), sont soumis par l'usage aux délais de trois mois ou de six semaines, suivant le taux du loyer, comme il est expliqué pour ces sortes de locations. Ainsi l'usage ne permet pas un délai de six mois pour les congés réciproques de logements situés au premier étage, servant de magasin de vente, non plus que pour les magasins et boutiques sis à rez-de-chaussée, ces magasins ou boutiques n'ouvrant que sur cour privée et non sur rue, passage public ou cour marchande ayant libre accès au public.

RÉDACTION DE LA COMMISSION DE 1890

La Commission propose d'ajouter : *quelque minime que soit le prix de la location* (V. le jugement du tribunal de paix du 2e arrondissement de Paris du 2 décembre 1875. *Gazette des Tribunaux* du 5 décembre).

Adopté.

Adopté.

RÉDACTION DU CAHIER DE 1852

Lorsqu'il s'agit :	DURÉE des BAUX VERBAUX	TERMES d'entrée EN JOUISSANCE	TERMES DE PAIEMENT	DÉLAIS A OBSERVER POUR LES CONGÉS
D'un maître de pension, Maître d'externat, Commissaire de police, Percepteur.	La durée des baux verbaux est subordonnée aux délais adoptés par l'usage pour les congés.	L'entrée en jouissance peut avoir lieu à chacun des termes de janvier, avril, juillet ou octobre.	Mêmes usages que pour les autres locations.	L'usage permet un délai de six mois pour les congés donnés non seulement aux maîtres de pensions, mais encore aux maîtres d'externats, aux commissaires de police, percepteurs de contributions directes et autres personnes exerçant des professions les obligeant à se loger dans un quartier déterminé. Cet usage, établi uniquement en vue de la difficulté pour ces personnes de trouver des logements dans le même quartier, est strictement restreint à la cause qui l'a fait admettre. Les bailleurs, vis-à-vis cette classe de locataires, ne peuvent exiger un délai plus long pour les congés que celui qui s'applique au taux du loyer, et ces personnes elles-mêmes peuvent donner congé en observant ce dernier délai.
Maison ou habitation sans boutique ou magasin, mais avec jardin, Rez-de-chaussée avec jardin, Etage avec jardin.	Il faut distinguer si c'est le jardin ou l'habitation qui est l'objet principal de la location. Si le jardin est l'objet principal et essentiel, la location est présumée faite pour une année entière. Si l'habitation est, au contraire, l'objet principal de la location, la durée des baux verbaux est su-	Si le jardin est l'objet principal de la location, l'entrée en jouissance, de même que pour les jardins loués séparément, aura lieu le 1er octobre. Si c'est, au contraire, la maison qui est l'objet principal, l'entrée en jouissance a lieu à l'un des termes de janvier, avril, juillet ou octobre.	Mêmes usages que pour toutes les autres locations.	Pour les baux verbaux de maisons entières, de corps de logis entiers avec jardin, le délai des congés est toujours de six mois, comme pour les maisons entières et corps de logis entiers sans jardin. A l'égard des baux verbaux de logements, soit au rez-de-chaussée, soit à l'un des étages de la maison avec jardin, d'après la distinction établie ci-après : Si le jardin est l'objet principal de la location, les délais de congés réciproques sont de six mois, et les congés devront être donnés avant le 1er avril pour le 1er octobre.

RÉDACTION DE LA COMMISSION DE 1890

Adopté.

Adopté.

Adopté.

RÉDACTION DU CAHIER DE 1852

Lorsqu'il s'agit :	DURÉE des BAUX VERBAUX	TERMES d'entrée EN JOUISSANCE	TERMES DE PAIEMENT	DÉLAIS A OBSERVER POUR LES CONGÉS
	bordonnée aux délais accordés par l'usage pour les congés.			Lorsque c'est l'habitation qui est l'objet principal de la location, les délais à observer pour les congés réciproques sont toujours subordonnés au prix de la location ; ils doivent être donnés à trois mois si le loyer excède 400 fr. et à six semaines si le loyer est inférieur à 400 fr.
De Maison sans jardin, Appartement, Logement, Chambre,	La durée des baux verbaux est subordonnée aux délais adoptés par l'usage pour les congés.	L'entrée en jouissance a lieu à l'un des quatre termes de janvier, d'avril, de juillet ou d'octobre. Lorsque les lieux sont encore occupés par le locataire sortant, cette entrée n'a lieu que le 15 pour les locations au-dessus de 400 fr. et le 8 pour les locations de 400 fr. et au-dessous à midi.	Mêmes usages que pour toutes les autres locations.	Les délais à observer pour les congés réciproques, quelles que soient la nature et la destination des lieux loués, sont toujours fixés par le taux du loyer, sauf les exceptions énoncées ci-après. Lorsque le prix locatif tout compris, à la seule exception de l'impôt des portes et fenêtres, qui est une charge personnelle du locataire, excède 400 fr., ne serait-ce que de quelques centimes, et lors même que le prix s'élèverait à plusieurs mille francs, l'usage en vigueur permet un délai de trois mois pour se donner réciproquement congé. Les congés doivent être donnés avant la fin de chaque terme, c'est-à-dire le 31 décembre, le 30 mars, le 30 juin, le 30 septembre au plus tard, pour la sortie aux termes d'avril, juillet, octobre et janvier. L'usage permet de donner congé avec délai de six semaines pour les locations qui n'excèdent pas 400 fr., 100 fr. par terme, le 14 au plus tard des mois de février, mai, août et novembre, pour la sortie au terme suivant.

RÉDACTION DE LA COMMISSION DE 1890

Adopté.

Adopté.

RÉDACTION DU CAHIER DE 1852

Lorsqu'il s'agit :	DURÉE des BAUX VERBAUX	TERMES d'entrée EN JOUISSANCE	TERMES DE PAIEMENT	DÉLAIS A OBSERVER POUR LES CONGÉS
				Pour les locations par baux verbaux, on ne reconnaît que les quatre époques des termes de janvier, avril, juillet et octobre. L'usage n'admet pas le congé donné pour le demi-terme, c'est-à-dire pour le 15 des mois de février, mai, août et novembre.
de Cave, Cellier, Magasin à vin ou tout autre magasin. Grenier à paille, fourrages, écuries et remises, etc. Loués isolément.	La durée des baux verbaux est subordonnée aux délais adoptés par l'usage pour les congés.	L'entrée en jouissance a lieu à l'un des quatre termes de janvier, avril, juillet ou octobre. Lorsque les lieux sont encore occupés par le locataire sortant cette entrée n'a lieu que le 15 pour les locations au-dessus de 400 fr. et le 8 pour les locations de 400 fr. et au-dessous.	Mêmes usages que pour toutes les autres locations.	Mêmes délais que pour toutes les autres locations.

RÉDACTION DE LA COMMISSION DE 1890

—

En ce qui concerne les locations d'ateliers d'artiste peintre ou sculpteur par baux verbaux, la Commission propose de prendre le prix de la location pour base de la durée de la location, de l'entrée en jouissance, de la fixation des termes de paiement et des délais à observer pour les congés.

Adopté.

La Commission propose les dispositions suivantes concernant l'usage pour location de forces motrices :

Selon l'usage, la location de la force motrice se fait pour une période de trois mois, un mois, quinze jours, une semaine et même au jour le jour.

RÉDACTION DU CAHIER DE 1852

DURÉE des BAUX VERBAUX	TERMES d'entrée EN JOUISSANCE	TERMES DE PAIEMENT	DÉLAIS A OBSERVER POUR LES CONGÉS
Lorsqu'il s'agit de garnis, sous la dénomination de : Cabinet, Chambre, Logement, Appartement. La durée des baux verbaux des cabinets, chambres, logements ou appartements garnis est subordonnée aux délais adoptés par l'usage pour les congés réciproques.	L'entrée en jouissance a lieu au jour pour lequel la location a été convenue, et cette entrée en jouissance peut avoir lieu indistinctement chaque jour de l'année, la nature même de ce genre de baux n'admettant pas d'époques déterminées pour les locations.	L'usage admet que les maîtres d'hôtel et autres personnes qui louent en garni exigent des locataires le paiement d'avance des locations pour chaque jour ou chaque période de huitaine, de quinzaine, de mois, selon la durée de la location, telle qu'elle est déterminée par l'article 1758 du Code civil. A défaut du paiement qui doit être fait d'avance, l'usage autorise de plein droit l'hôtelier à refuser la clef.	Les délais à observer pour les congés réciproques diffèrent suivant chaque mode de location. La location au jour cesse par l'avertissement donné le jour même de la sortie, avant midi. La location à la semaine cesse par l'avertissement donné le quatrième jour après l'entrée, avant midi. La location à la quinzaine cesse par l'avertissement donné le huitième jour après l'entrée, avant midi. La location au mois cesse par l'avertissement donné le quinzième jour après l'entrée, avant midi. D'après l'usage général, les parties sont réciproquement et irrévocablement engagées pour le premier jour, pour la première semaine, la première quinzaine ou le premier mois, et faute d'avertissement dans les délais fixés ci-dessus, la

RÉDACTION DE LA COMMISSION DE 1890

—

Le congé doit être donné dans un délai égal à la période convenue pour la durée de la location.

Le paiement se fait à la semaine, à moins de convention contraire.

Pour la location à la journée, le loyer se paie jour par jour.

La location qui a eu lieu pour l'essai d'une invention peut se faire à la journée ; le loyer se paie à la semaine ; pour la première semaine, on ne paie que les journées faites. Si l'on reste plus de huit jours, le congé doit être donné une semaine à l'avance.

Adopté.

Adopté.

RÉDACTION DU CAHIER DE 1852

DURÉE des BAUX VERBAUX	TERMES d'entrée EN JOUISSANCE	TERMES DE PAIEMENT	DÉLAIS A OBSERVER POUR LES CONGÉS
			location continue pour un nouveau jour ou pour une nouvelle période de semaine, de quinzaine ou de mois. Un usage différent s'est cependant introduit dans une partie du quartier Latin, particulièrement dans les 5° et 6° arrondissements (quartier des Écoles), où les mutations de logements garnis sont très fréquentes. Il est admis que les personnes louant en garni ou leurs locataires peuvent réciproquement se donner congé au cours de chaque période de location, et que le congé donné avant midi, à quatre jours de la huitaine ou de la quinzaine, fait cesser la location, à l'expiration des quatre jours de la huitaine, de la quinzaine franche, suivant que la location a été faite à la huitaine, à la quinzaine ou au mois. En matière de location en garni, la semaine se compose de sept jours, du jour de l'entrée au jour correspondant de la semaine suivante, à midi; la quinzaine se compose de quatorze jours, du jour de l'entrée au jour correspondant de la dernière semaine, à midi; le mois se compose des jours existant entre la date du jour d'entrée et la date correspondante du mois suivant, à midi. En ces divers modes de location, l'heure d'entrée du premier jour n'est pas prise en considération.

RÉDACTION DE LA COMMISSION DE 1890

La Commission propose d'inscrire dans la colonne « termes de paiement » la disposition suivante : « *Si le locataire a emporté la clef, le logeur a le droit de s'opposer à l'entrée du locataire, sauf à la partie la plus diligente à en référer au juge de paix.* »

Adopté.

RÉDACTION DU CAHIER DE 1852

—

Chambres, logements, appartements garnis loués aux officiers ou sous-officiers de la garnison.

L'usage a introduit en faveur des officiers et militaires en garnison une exception à la règle de réciprocité d'obligation de donner congé pour les chambres, logements et appartements loués en garni. Les officiers et militaires qui reçoivent un ordre de déplacement ne sont tenus envers les hôteliers à aucun congé sous la condition de payer le loyer au jour du départ de leur corps, ou d'un ordre personnel de départ ; tandis que les hôteliers ou autres personnes louant en garni sont tenus envers eux de donner un congé en se conformant aux délais pour les locations en garni.

RÉDACTION DE LA COMMISSION DE 1890

—

Adopté.

Le cahier de 1852 traite toutes les questions relatives aux délais d'usages pour les congés, mais il ne dit rien quant à la forme des congés. Or, il est un usage qui tend à s'établir, et qui est basé sur une jurisprudence récente. La Commission pense qu'il est bon de le mentionner. Il s'agit du congé donné par lettre chargée.

Remise des Clés.

A quels jour et heure le locataire sortant est-il tenu de remettre les clefs et les lieux ?

Cette obligation comporte-t-elle par l'usage un délai quelconque au delà du jour porté par le congé ?

Ce délai, s'il existe, s'applique-t-il à toute espèce de location ?

I

Les congés, qu'ils soient donnés à six semaines, à trois mois, énoncent généralement que le locataire sortira à l'époque, c'est-à-dire au commencement de l'un des quatre termes de janvier, avril, juillet ou octobre.

II

Cependant l'usage accorde aux locataires au delà du jour indiqué par le congé, un délai pour faire les réparations locatives, vider les lieux et remettre les clefs. Ce délai est plus ou moins long, suivant les cas divers.

Il est de huit jours, lorsque le congé a pu être donné à six semaines de date, et de quinze jours, lorsque le congé a pu être donné à trois mois ou à six mois.

Le locataire n'est tenu, d'après la distinction établie ci-dessus, de rendre les clefs que le huit ou le quinze du mois, à midi, au plus tard.

III

Ce délai d'usage s'applique à toute espèce de locations sans distinction entre les locations destinées à l'habitation ou au commerce et les autres espèces de location.

Il n'y a d'exception que pour les locations en garni pour lesquelles les entrées et les sorties s'opèrent au jour même qui a été indiqué par la convention ou par l'avertissement donné pour la sortie des lieux.

La Commission adopte ces trois solutions sans modifications.

Indépendammeut des usages constatés en réponse aux questions ci-dessns, le cahier de 1852 mentionne les usages suivants :

1° L'usage à Paris permet de se dédire d'une promesse de location en rendant ou retirant dans la journée du lendemein le denier à dieu donné ; mais cette faculté n'existe pas lorsque la location a été passée par écrit ;

2° Pour la location des chantiers de bois à brûler qui ne se trouvent pas dans les questions proposées, il existe à Paris un usage particulier qui exige une année de délai pour les congés de baux verbaux ; les congés doivent être donnés à l'époque de Pâques pour l'époque correspondante de l'année suivante. Cet usage n'est spécial qu'aux chantiers de bois à brûler, et il ne s'applique pas aux chantiers de bois à ouvrer, à l'égard desquels il faut suivre l'usage général.

La Commission adopte les solutions ci-dessus.

Ecriteau.

A dater de quelle époque et pendant quel délai le propriétaire peut-il mettre écriteau ?

Même question pour le locataire ?

Le locataire peut-il mettre écriteau sans la permission du propriétaire ?

4

I

L'exercice du droit du propriétaire de mettre écriteau et de faire voir les lieux correspond, quant à la durée, à la durée même des divers délais pour les congés.

Pour les congés à six mois, le propriétaire peut mettre écriteau et faire voir les lieux à partir du premier jour des deux termes avant lesquels le congé a été donné ;

Pour les congés à trois mois, à partir du premier jour du terme avant lequel le congé a été donné ;

Pour les congés à six semaines, à partir du quinzième jour du mois commençant le demi-terme avant lequel le congé a dû être donné.

D'après cette distinction entre les divers délais, pendant toute la durée du délai spécial pour chaque espèce de location, le propriétaire peut mettre écriteau et faire voir les lieux tant qu'il n'a pas définitivement trouvé de locataire en remplacement du locataire sortant.

Mais ce droit ne peut être plus étendu, alors même que le locataire donne congé à un délai plus long que ceux qui sont adoptés par l'usage ; le propriétaire ne peut mettre écriteau qu'à partir du commencement des six mois, des trois mois ou des six semaines, suivant chaque espèce de location.

II

Lorsque la faculté de sous-louer ne lui a pas été interdite, le locataire peut mettre écriteau pendant toute la durée de sa jouissance, tant que son droit n'a pas été restreint par l'existence d'un sous-locataire. Mais lorsque le locataire a précédemment sous-loué tout ou partie des lieux, l'exercice du droit de mettre écriteau et de faire voir les lieux est soumis aux règles d'usage entre propriétaires et locataires directs.

III

Lorsque le droit de sous-louer n'est pas expressément interdit au locataire, ce dernier n'a pas besoin de permission du propriétaire pour mettre écriteau.

Visite des lieux.

Quand un congé a été accepté ou signifié, quels sont les jours et heures pendant lesquels le locataire est obligé de tenir les lieux ouverts ?

Distinction entre le cas où les lieux à louer sont encore garnis de meubles, effets ou marchandises et celui où ces lieux sont complètement vides ?

Le locataire qui a reçu ou donné congé doit laisser sa clef à partir du premier jour du délai, ou montrer lui-même son logement aux personnes qui se présentent pour louer.

Si le locataire ne veut pas laisser sa clef ni rester indéfiniment chez lui dans l'attente de nouveaux locataires, l'usage est de fixer des heures, tous les jours, même les jours fériés, pour que les personnes qui se présentent pour louer soient admises dans les lieux.

Ces heures sont fixées et réglées par le juge suivant les circonstances.

Lorsque le locataire a quitté les lieux, qu'il n'a laissé ni meubles, ni effets, ni marchandises quelconques, il doit laisser la clef pour faciliter la visite des personnes qui se présentent, sauf, s'il le croit nécessaire, à prendre les mesures convenables pour garantir son droit aux lieux jusqu'à l'expiration du terme de sa jouissance.

A l'égard des chambres et appartements garnis, par suite de la nature même de la location et de la brièveté des délais pour les avertissements, l'usage admet plus de latitude pour la visite des lieux.

Le maître d'hôtel, qui doit être mis journellement en possession des clefs pour le service de l'appartement, ne doit, pour l'exercice de son droit de faire visiter l'appartement garni, trouver d'autres limites que celles prescrites par les convenances, eu égard à la position et aux habitudes des personnes qui sont logées chez lui.

La Commission propose de compléter cette rédaction en indiquant que l'heure normale des visites est de midi à cinq heures.

Locations en garni.

Si rien ne constate que la location d'une maison, d'un appartement, d'une chambre meublés soit faite à l'année, pour six mois, au terme, au mois ou au jour, quel est l'usage des lieux à invoquer pour l'application de l'article 1758 du Code civil ?

Si rien ne constate que la location soit faite pour un temps déterminé, ou s'il est certain qu'elle soit faite au jour, au mois, au terme, pour six mois, à l'année, est-il tacitement convenu par l'usage que les termes seront payés d'avance, ou à l'échéance du terme ?

I

Lorsque rien ne constate que la location ait été faite par année, par mois, par quinzaine, par semaine ou au jour, elle est censée faite au jour, d'après l'usage.

II

Dans tous les cas de locations faites par baux verbaux, il est tacitement convenu que, pour la location d'appartements non garnis, les loyers seront payables à l'échéance de chaque terme.

A l'égard des locations en garni, l'usage autorise les

personnes qui louent en garni d'exiger le payement d'avance du prix du loyer de chaque période pour laquelle la location est faite.

La Commission adopte sans modification les solutions ci-dessus.

§ II

PAIEMENTS DES SOUS-LOCATAIRES

(ART. 1753 DU CODE CIVIL)

Est-il d'usage que les sous-locataires fassent des paiements avant le terme échu ou même commencé, de telle sorte qu'on ne puisse, dans ce cas, en vertu du 2ᵉ paragraphe de l'art. 1753 du Code civil, les regarder comme faits par anticipation et collusoirement ?

Dans les baux verbaux de locations de boutiques et magasins sis à rez-de-chaussée ouvrant sur rue, passage public ou cour ayant libre accès au public, l'usage existe d'exiger le paiement en avance de six mois de loyer sans que cet usage puisse avoir d'autre effet que d'empêcher vis-à-vis des tiers toute contestation à l'égard des sommes ainsi payées.

Il n'existe pas d'autre usage autorisant les sous-locataires à faire des paiements d'avance, hors le cas ci-dessus exprimé, tout paiement fait d'avance est considéré comme fait collusoirement.

La Commission propose de supprimer cette disposition finale, « hors le cas ci-dessus exprimé, tout paiement fait d'avance est considéré comme fait collusoirement ». Elle a pensé qu'il était trop rigoureux de considérer comme frauduleux, d'une manière générale, tout paiement de loyer fait d'avance hors le cas ci-dessus exprimé, et qu'il était préférable de laisser au juge toute liberté d'appréciation.

Quid encore des obligations du sous-locataire vis-à-vis du propriétaire ? Est-il obligé, par exemple, d'avoir du sous-bailleur, une quittance enregistrée ? (C. civ., art. 1753-1328.)

Non.

§ III

TACITE RECONDUCTION

(ART. 1738, 1759 DU CODE CIVIL.)

Pour que le fermier ou locataire, après expiration d'un bail écrit, ait le droit de continuer sa jouissance, pendant quel délai faut-il qu'il soit laissé en possession ?

Nul délai n'est fixé par l'usage.

Quels sont les faits qui constituent la tacite reconduction ?

Il n'existe pas d'usage à cet égard ; tout est laissé à l'appréciation du juge.

Quelles sont les obligations du propriétaire envers le locataire ou fermier qui a fait sur la chose louée des travaux ou cultures ne constituant pas tacite reconduction, dans l'intervalle du jour où finissait la jouissance antérieure, à celui où le propriétaire a fait cesser la nouvelle jouissance ?

Il n'existe aucun usage à Paris sur ce point.

Quid de l'usage répandu dans certaines localités

d'enlever les portes et fenêtres d'un logement, lorsque le locataire congédié ne veut pas quitter les lieux ?

Cette pratique est une voie de fait arbitraire et non un usage consacré à Paris.

Quelle est la durée d'un terme pour l'application de l'article 1759 du Code civil ?

La durée d'un terme se compose de trois mois pleins. On compte quatre termes : 1° Le terme de janvier partant du 1ᵉʳ janvier jusques et y compris le 31 mars ; 2° Le terme d'avril, du 1ᵉʳ avril au 30 juin inclus ; 3° Le terme de juillet partant du 1ᵉʳ juillet jusques et y compris le 30 septembre ; le terme d'octobre partant du 1ᵉʳ octobre jusques et y compris le 31 décembre.

Quels sont les délais d'usage peur les congés à donner ou à recevoir en conformité de l'art. 1759 pour une location faite à l'année ? pour six mois ? un trimestre ? un mois ? un jour ?

Ces délais sont les mêmes que ceux qui sont admis pour les baux verbaux. Ils sont de six semaines, trois mois ou six mois suivant chaque espèce de location.

Il n'existe pas dans l'usage de location au mois ou au jour, si ce n'est en garni.

Existe-t-il un délai entre le jour indiqué par le congé et la sortie ?

Même usage que pour les baux verbaux.

Enseignes.

A défaut de convention contraire, le locataire a généralement le droit de placer extérieurement une enseigne.

A quels endroits de la maison (porte ou fenêtre) et dans quelles conditions est-il d'usage d'établir les enseignes ?

Le droit de placer extérieurement une enseigne n'est consacré par l'usage que pour les locations donnant sur la rue : c'est sur la partie extérieure correspondante à la location que l'enseigne doit être placée par le locataire, et dans des conditions telles qu'il n'en résulte pas préjudice pour les autres locataires, ou pour le propriétaire de la maison.

§ IV

LOCATIONS DE MEUBLES

(ART. 1757 DU CODE CIVIL).

D'après l'usage de Paris, les locations de meubles se font toujours au mois, et le prix en est payable d'avance.

Pour les faire cesser, il faut prévenir dans la quinzaine du mois courant.

Pour certains meubles, il existe divers usages particuliers.

1° Tableaux.

La location en est faite au mois, payable d'avance, et elle cesse à l'expiration du mois. Le congé n'est pas nécessaire ; seulement on est tenu de payer la quinzaine si on a commencé un nouveau mois.

2° Pianos et autres instruments de musique.

Il n'est pas besoin de se prévenir réciproquement pour la cessation de la location ; chaque paiement d'avance n'oblige pas au-delà du mois.

3° **Voitures.**

Il n'est pas nécessaire de se prévenir d'avance. A l'expiration du mois chacun se trouve dégagé. Le mois ou la quinzaine qu'on laisserait commencer serait dû.

La Commission adopte, sans modification, les solutions ci-dessus.

VI

§ 1er

RÉPARATIONS LOCATIVES

OU DE MENU ENTRETIEN

(Articles 1754 , 1755 du Code civil.)

L'usage met à la charge du locataire d'autres réparations locatives ou de menu entretien que celles énumérées en l'art. 1754 du Code civil.

On considère comme réparations locatives toutes celles qui ont coutume de provenir du fait ou de la faute des locataires ou de leurs gens, et ne proviennent pas de la vétusté ou de la mauvaise qualité des parties dégradées ou de force majeure dont le locataire n'a pu empêcher les effets, par la faute du propriétaire.

Le locataire doit en outre réparer toutes dégradations qui arrivent pendant sa jouissance, à moins qu'il ne prouve qu'elles ont eu lieu sans sa faute. (Article 1731 Code civil).

Sont considérées comme réparations locatives d'après l'usage, savoir :

Réparations locatives mises par l'usage à la charge des locataires.

CARREAUX. — Les carreaux, soit de marbre, soit de pierre, soit de terre cuite, lorsqu'il y en a de manquants ou cassés, doivent être remis et remplacés aux dépens du locataire.

Il n'en est pas de même s'ils sont usés par la vétusté ou de mauvaise qualité, ou que l'humidité les a fait pourrir ou feuilleter, ce qui peut arriver dans les bas étages.

Il n'est pas tenu non plus des carreaux cassés par la charge des cloisons ou lambris posés dessus.

PARQUET. — Au parquet, lorsqu'il y a quelques panneaux cassés ou enfoncés par violence, le locataire en est tenu : comme aussi, s'il a roulé quelques tisons de feu sur le parquet, le locataire est tenu du dommage.

CROISÉES. — Le lavage des vitres est une réparation locative.

VITRES. — Les vitres cassées ou fêlées sont à remettre par le locataire.

Les pièces de verres des panneaux en plomb sont comme les carreaux de verre ; il n'y a que lorsqu'il s'agit de remettre ces panneaux en plomb neuf que le plomb est alors à la charge du propriétaire.

Si les plombs ne valent rien par vétusté, le locataire n'est tenu que des pièces de verre qui manquent ; si les plombs étaient détruits par quelque effet forcé, le locataire en serait tenu.

CROISÉES. — VOLETS. — CONTREVENTS. — PORTES, etc. — Les croisées, les volets, les contrevents et les portes, les chambranles, les fermetures de boutiques et autres fermetures, les lambris d'appui, les lambris à hauteur de plancher, les cloisons et toutes les menuiseries dépendantes d'une maison, sont à la charge du locataire, à moins qu'elles soient usées par vétusté.

Si le locataire a fait percer un trou de chatière, le propriétaire est en droit de faire remettre une planche entière à cette porte aux frais du locataire. Il en est de même si le locataire a fait placer une seconde serrure à une porte et, qu'à ce sujet, il ait fait des entailles pour la mettre en place, quand ce ne serait qu'un trou pour passer la clef, le propriétaire peut exiger qu'on remette une planche neuve à la place de celle qui a été percée.

Les dessus de porte et autres tableaux avec leurs bordures, de même que tous les ornements sont à la charge du locataire ; si quelques-uns viennent à être crevés pendant son occupation, et si ces tableaux sont tellement endommagés qu'ils ne puissent pas être raccommodés, le locataire est tenu de rembourser le propriétaire selon estimation ; il en est de même des ornements de sculpture s'ils ont été brisés par violence.

CHEMINÉES. — TRUMEAUX. — GLACES. — Les dessus de cheminées, les trumeaux et les glaces, s'ils viennent à être cassés, sont à la charge du locataire qui est tenu d'en faire remettre des neufs, mêmes qualité, volume et perfection, les morceaux lui restant.

Si cependant le locataire peut prouver que les glaces ont été cassées par l'effet des parquets, ou par quelque tassement ou gonflement des plâtres en se descellant, dans ce cas, les glaces sont pour le compte du propriétaire.

BALCONS. — GRILLES. — Les balcons et grilles en fer à barreaux ou autrement, sont à la charge du locataire, s'il y manque quelque enroulement ou barreau, ou qu'ils aient été cassés avec effort ; les treillis en fils de fer ou de laiton, sont aussi à la charge du locataire, s'ils sont cassés ou rompus par violence et non par vétusté.

SERRURES. — Toutes les serrures des portes, croisées armoires et autres fermetures sont aussi à la charge du locataire, si elles manquent ou si elles ont été cassées par violence.

Le locataire est aussi chargé de l'entretien de ces serrures, de telle sorte qu'elles doivent être en état de bien fermer et ouvrir lorsque l'on quitte les lieux.

La Commission de 1890 propose d'ajouter :

« *De même pour les accessoires des serrures ; becs de* « *canne, boutons de tirage, cadenas et verroux.* »

RAMONAGE. — Le ramonage des cheminées est une réparation locative. Les locataires sont tenus de faire ramoner assez souvent pour que le feu ne puisse pas prendre aux cheminées par là grande quantité de suie qui serait amassée dans les tuyaux.

Si le feu prenait et faisait crever les tuyaux, le locataire serait tenu de les faire rétablir, à moins qu'il puisse prouver quelle est la cause de l'incendie.

FOURNEAUX POTAGERS. — Aux fourneaux potagers, le locataire est tenu de l'entretien des carreaux, des planchers qui reçoivent les cendres des réchauds, des carreaux sur le dessus des fourneaux, des scellements des réchauds et de la fermeture des réchauds potagers, lorsqu'il y en a de cassés et des grilles lorsqu'elles sont brûlées.

La Commission propose d'ajouter :

« *Quant aux fourneaux de fonte, s'il existe à la pla-* « *que mobile qui les recouvre, une félure, le locataire* « *n'en doit pas le remplacement, cet accident étant dû* « *à la nature même de la matière première de l'objet.* « *Mais si cette plaque était brisée en morceaux, le loca-* « *taire serait tenu de la remplacer.* »

A l'égard des paillasses de cuisine, le locataire n'est tenu que d'entretenir le carreau de dessus.

On entend par paillasses des petits massifs de maçonnerie carrelée par dessus élevés de terre de trente à trente-huit centimètres sur lesquels on place du charbon ou de la cendre chaude pour faire cuire des aliments.

PIERRES A LAVER LA VAISSELLE. — Le locataire répond des pierres à laver la vaisselle lorsqu'elles sont cassées ou écornées par son fait; mais si dans la pierre il s'y trouvait quelques défauts qui eussent produit la dégradation, elle serait à la charge du propriétaire.

Lorsqu'il y a une grille sur l'orifice du tuyau propre à écouler les eaux de l'évier, elle sert à prévenir les engorgements, le locataire ne doit pas entretenir le tuyau, mais réparer la grille lorsqu'elle est rompue ou enfoncée. Le locataire n'est tenu de rétablir la jonction du tuyau à la pierre que lorsque le tuyau a été établi d'une manière stable, c'est-à-dire qu'il a été soudé à la pierre en employant du plomb et non du mastic.

BORNES. — BARRIÈRES DANS LES COURS. — PUITS. — Le locataire répond des barrières et des bornes qui se trouvent dans les cours ou remises dont il a la jouissance exclusive.

Le curage des puits est à la charge du propriétaire ; quant aux poulies, aux cordes et aux mains de fer du puits, aux poulies des greniers, aux charges des poulies, elles ne sont à la charge du locataire qu'autant qu'il en use seul, ou qu'il est principal locataire de la maison ; mais lorsqu'il y a plusieurs locataires, les objets dont il s'agit étant pour tous d'un usage commun, les locataires ne sont pas tenus des réparations, excepté celui ou ceux des locataires qui seraient reconnus être les auteurs des dégradations.

Pᴏᴍᴘᴇs. — Pour les pompes qui servent à tirer l'eau, l'entretien et la réparation du piston de la tringle qui sert à la mouvoir et du balancier sont à la charge du locataire à moins que la pompe ne serve à plusieurs locataires et ne soit d'un usage commun, auquel cas son entretien est à la charge du propriétaire ou du principal locataire quant à ces objets comme le reste de la pompe.

Jᴀʟᴏᴜsɪᴇs, sᴛᴏʀᴇs, etc. — L'entretien des jalousies de croisées à cordons, mouvements, fils de fer et cordons de sonnettes, ainsi que des stores tant des croisées que des cheminées, est à la charge du locataire.

La Commission propose d'ajouter :

« *Il n'est pas tenu de la peinture des jalousies,* « *excepté pour les parties dont il aurait dû faire répa-* « *rer le bois.* »

Eᴄᴜʀɪᴇs. — Rᴀᴛᴇʟɪᴇʀs. — Les râteliers et leurs roulons, le pilier et les barres servant à séparer les chevaux entre eux, sont entretenus par les locataires, à moins qu'ils ne soient détruits par vétusté ou force majeure.

Tᴜʏᴀᴜx ᴅᴇ ᴅᴇsᴄᴇɴᴛᴇ. — Il est d'usage de ne pas mettre à la charge du locataire les tuyaux de descente établis pour conduire les eaux pluviales et ménagères à moins que sa faute personnelle ne soit établie.

La Commission propose d'ajouter :

« *Les mêmes principes s'appliquent aux tuyaux de* « *descente des cabinets d'aisance.* »

Oʙᴊᴇᴛs ᴄᴏᴍᴍᴜɴs. — Esᴄᴀʟɪᴇʀs. — Pᴀssᴀɢᴇs. — Cᴏᴜʀs. Le locataire n'est tenu qu'aux réparations des lieux qu'il occupe exclusivement.

Il n'est tenu des dégradations des lieux dont il jouit

en commun avec d'autres locataires, qu'autant qu'il est prouvé qu'elles proviennent de son fait ou du fait des personnes dont il doit répondre. Dans le cas contraire, elles restent à la charge du propriétaire.

Appareils a gaz. — Fuites. — Dégradations. — Les réparations des fuites et des dégradations survenues à des appareils à gaz sont au nombre des réparations locatives à la charge du locataire pour toute la partie de l'appareil d'éclairage dont il jouit exclusivement.

Plombs. — Fers volés. — Les plombs, les fers et autres objets dépendant d'une maison, qui viennent à être volés, doivent être rétablis aux frais du locataire, à moins qu'il ne justifie qu'on ne peut lui imputer aucune négligence ou défaut de précaution.

Principal locataire. — Lorsqu'une maison est louée à une seule personne pour l'occuper en entier ou en principal locataire pour la sous-louer, il répond de toutes les parties de l'objet envers le propriétaire.

A l'égard de ceux à qui il sous-loue, il exerce les mêmes droits que le propriétaire. En conséquence, s'il y a plusieurs locataires, il supportera seul les réparations des objets ou lieux à usage commun de tous ou plusieurs locataires, sauf à rechercher celui d'entre eux qui a causé les dégradations et à les lui faire supporter.

Comment doivent être faites les réparations et a quelle époque. — Le locataire, en faisant les réparations locatives, n'est pas tenu de rendre les choses meilleures qu'elles n'étaient, il doit seulement les rendre dans le même état qu'il les a reçues.

Il n'est pas tenu, ordinairement, de faire les réparations pendant la durée du bail ; cependant les dégradations qui pourraient porter préjudice à la propriété doivent être réparées aussitôt qu'elles sont commises et le propriétaire peut y contraindre le locataire : les carreaux de vitres cassés, les volets, etc., etc.

Quant aux autres réparations qui ne sont pas urgentes et qui peuvent se différer sans compromettre les intérêts du propriétaire, l'usage est de ne les exiger que le jour de la sortie, de telle sorte que lorsque le locataire quitte les lieux, il doit avoir fait toutes les réparations dont il est tenu, sous peine de dommages-intérêts envers le propriétaire ou le principal locataire.

CONSTRUCTIONS ÉLEVÉES PAR LE LOCATAIRE ET QU'IL DOIT LAISSER. — Si un locataire a fait élever des constructions à ses frais d'après la faculté à lui accordée par le bail et sous la condition qu'à la fin du bail, ces constructions resteront au propriétaire, il doit faire à ces constructions toutes les réparations qui sont à la charge du locataire.

CHANGEMENTS FAITS PAR LE LOCATAIRE. — Si le locataire a fait des changements dans les lieux loués, il est tenu, si le propriétaire l'exige, de remettre les lieux en l'état où ils se trouvaient au moment du bail ; il a aussi la faculté de les enlever sous la même condition, et le propriétaire ne peut pas le contraindre à les lui abandonner, même en lui offrant la valeur, à moins qu'ils ne paraissent par leur nature avoir été mis à perpétuelle demeure et qu'ils ne puissent être détachés sans dégradations pour l'immeuble.

Dans tous les cas, le choix entre la démolition des changements opérés et le rétablissement des lieux dans leur état primitif, ou bien la conservation des objets nouveaux, moyennant indemnité, appartient au propriétaire seul.

Le locataire, encore que le propriétaire ne lui en paye pas la valeur, ne peut dégrader ni détériorer les peintures qu'il aurait fait exécuter sur les murs ou ailleurs, ni déchirer ou même gâter les papiers qu'il aurait fait coller sur les murs, sous peine de dommages-intérêts ; enfin il ne peut rien faire qui soit ou puisse être un mal pour autrui sans intérêt pour lui.

RÉPARATIONS NÉCESSAIRES OU UTILES FAITES PAR LE LOCATAIRE. — Si pendant la durée du bail le locataire a fait des réparations *nécessaires,* que le bailleur aurait dû être forcé de faire, le locataire a le droit d'en exiger une indemnité à sa sortie.

Mais s'il s'agit de réparations ou améliorations simplement utiles, le locataire ne peut s'en rembourser, mais à défaut d'indemnité de la part du propriétaire, le locataire peut enlever ce qu'il a cloué, mais à la charge de rétablir les lieux dans leur état primitif.

ARBRES, ARBUSTES. — Le locataire ne peut emporter les arbres qu'il a plantés dans son jardin, mais le propriétaire doit lui en payer la valeur. Cependant le propriétaire peut se refuser à payer cette indemnité en permettant au locataire l'enlèvement des arbres.

Il en est autrement des plantes, arbrisseaux, arbustes que le locataire peut enlever à la fin du bail, à moins qu'ils ne remplacent d'autres arbustes qui existaient lors de son entrée.

JARDINS. — Si un jardin dépend d'une maison ou d'un appartement loué, le locataire est tenu de tenir en bon état les allées sablées, les parterres, les plantations, les bordures, les gazons ; les arbres et les arbustes doivent être rendus en même nature et de même espèce qu'ils étaient au commencement du bail, et s'il en meurt quelques-uns, le locataire devra les remplacer.

Les treillages placés le long des murs ou des autres parties du jardin en telle forme qu'ils puissent être, telles que palissades, berceaux, portiques sont à la charge du propriétaire, à moins qu'il ne prouve que ces objets ont été cassés ou détériorés par le fait du locataire ou par violence.

Si le vent avait jeté en bas ou rompu des portiques,

des treillages, le propriétaire serait censé ne pas avoir pris les précautions nécessaires pour la solidité de ces portiques.

Les échalas de manque sont à la charge du locataire, à moins que le reste du treillage laisse voir qu'ils ne manquent par vétusté.

Dans les bassins ou jets d'eau, le locataire n'est tenu que de l'entretien des conduites en fer, en plomb ou en grès ; quand il y a laissé des eaux et que la gelée a fait crever ces tuyaux, parce que cet évènement provient d'une faute du locataire. Mais quand les eaux des bassins viennent par des canaux publics, il n'est plus possible de vider les bassins et les conduites, alors les accidents causés par la glace sont à sa charge.

La Commission, dans le but d'éviter toute amphilologie, propose de remplacer ces mots « à sa charge, » par ceux-ci :

« *A la charge du propriétaire.* »

A l'égard des robinets, le locataire est tenu de les entretenir.

A l'égard des vases, des pots de fleurs et des bannes, qui servent à l'ornementation du jardin, il faut distinguer :

Les vases de faïence sont à la charge du locataire, ainsi que ceux de fonte, de fer et les caisses en bois, de même que les bans en bois peints.

Mais les vases en terre cuite et ceux en marbre ou en pierre ne sont pas à la charge, non plus que les bancs en pierre, à moins qu'il ne soit manifeste qu'ils ont été brisés par violence : parce que l'intempérie de l'air suffit pour détruire les vases de marbre, de pierre ou de terre cuite ainsi que les bancs en pierre qui peuvent en outre se casser par leur propre poids.

Il en est de même pour les figures de marbre, en pierre, en terre cuite et pour les plâtres,

Réparations locatives dont les locataires sont dispensés par l'usage.

L'usage dispense le locataire de certaines des réparations indiquées en l'art. 1754.

Par exemple : si les pièces des appartements ne sont pas carrelées, on ne considère pas comme réparation locative les trous, qui se font dans les aires de plâtre ; la raison en est que le moindre effritement suffit pour occasionner des trous et dès lors on ne peut dire qu'ils proviennent de la faute du locataire ; c'est une dégradation résultant de la mauvaise qualité ou confection de l'objet dégradé.

La Commission propose d'ajouter :

« *Les sols bitumés sont assimilés aux aires en plâtre.* »

Il en est de même des trous des escaliers dont les dessus sont avec aires en plâtre.

Le locataire ne répond pas d'un parquet détérioré dans de grandes parties, à moins que le dommage n'ait été causé par son fait, ce que le propriétaire doit toujours prouver ; on considère ces grandes réparations comme nécessitées par la vétusté, ou la mauvaise qualité ou confection du parquet. Si la dégradation est peu importante, elle est présumée faite par le locataire et celui-ci doit la réparer.

L'entretien des pavés et carreaux dans les cours et cuisines n'est pas à la charge du locataire, lorsqu'ils ne sont qu'ébranlés et descellés, parce que le locataire par de continuels lavages, cause ordinaire de ces ébranlements, ne fait qu'user des lieux. Lorsque la maison est occupée par plusieurs locataires, on met à la charge du propriétaire les réparations locatives des lieux à l'usage de tous, tels que les escaliers, les cours, les corridors, la pompe, etc. Car la présomption que la loi élève contre le locataire qui occupe exclusivement ne peut être invoquée, lorsque les lieux sont communs à tous les habitants de la maison ou à plusieurs. Néanmoins, lorsque l'on connaît celui des locatatres qui a causé une dégradation, par lui ou par ses gens, ou par des étrangers qui se rendent chez lui, lui seul est responsable ; mais cette responsabilité n'est plus le résultat de la location, mais bien d'un fait qui lui est propre.

Le locataire de maison, appartement ou chambre garnis est-il tenu à quelques réparations locatives ou de menu entretien ?

Doit-il les réparations ou bien seulement une indemnité pour les dégradations par lui commises ?

Il faut distinguer s'il s'agit d'hôtels garnis ou d'appartements meublés.

Dans le premier cas, comme ce n'est pas lui qui surveille et qui soigne son logement, il ne doit pas de réparations locatives proprement dites : il ne doit compte que des dégradations commises par lui ou par les personnes qu'il reçoit.

Dans le deuxième cas, l'obligation est plus étroite ; le locataire prend à sa charge les meubles et l'appartement, il doit alors les réparations locatives ordinaires.

Le locataire d'une usine ayant un moteur quelconque, louée avec métiers et ustensiles, est-il tenu des réparations locatives non seulement aux bâtiments, mais encore aux métiers, au mécanisme, aux rouages, outils, etc., etc. ; ustensiles fixes, mobiles, tournants, mouvants ou travaillants aux vannages, pêcheries, pales, pompes, chaudières, etc. ?

Les réparations locatives des logements, appartements ou édifices des usines, sont les mêmes que pour les maisons et sont comme celles-ci dues par le locataire.

Dans les baux d'usines, de cours d'eaux, etc., il existe diverses réparations que l'usage a distingué de la manière suivante :

Les grosses réparations qui sont à la charge du propriétaire et les réparations d'entretien.

Ces dernières se subdivisent en deux espèces :

Les réparations de gros entretien et les réparations de menu entretien ou réparations locatives. Les premières sont à la charge du propriétaire (Art. 1720. C. c.) Le locataire doit supporter les autres.

En ce qui concerne les Moulins :

Tous les tournants et travaillants, meules, câbles, harnais, ustensiles doivent être entretenus par le fermier locataire ; mais avant d'entrer en jouissance on fait un état ou estimation de toutes ces choses et à la fin du bail on fait encore une autre estimation.

Si l'estimation et prisée de la fin est plus forte que la première, le propriétaire rembourse le fermier du surplus ; si le cas contraire se produit, que la dernière estimation ou prisée soit plus faible que la première, le locataire sera tenu de rembourser le propriétaire.

En ce qui concerne les Boulangeries :

L'usage est que le propriétaire entretient les murs, la voûte du dessous du four, la cheminée et les tuyaux du four.

La Commission propose d'ajouter :

« *Sauf l'abus de jouissance.* »

Et le locataire n'est tenu que de l'aire du four, soit qu'il soit de terre, soit qu'il soit de carrelage de terre cuite, et de la chapelle du four qui est la voûte de briques ou de tuileaux qui couvre le four ; laquelle voûte reçoit l'impression du feu plus ou moins suivant l'usage que l'on fait du four.

La Commission propose d'ajouter :

« En ce qui concerne les fours, poêles, cheminées et « tous appareils de chauffage, sont à la charge du loca- « taire toutes les réparations à faire aux endroits exposés « à l'action directe de la flamme. »

§ II

CONTRIBUTION DES PORTES ET FENÊTRES

(LOI DU 4 FRIMAIRE AN VII, ART. 12)

En l'absence de toute stipulation, la contribution des portes et fenêtres est à la charge du preneur.

TABLE DES CHAPITRES

                                                                 PAGES

I. Distances à observer entre les héritages pour les plantations **3**

II. De la distance et des ouvrages intermédiaires requis pour certaines constructions. **9**

III. Clôtures. **15**

IV. Louage des domestiques et ouvriers **18**

V. Durée des baux verbaux. — Termes d'entrée en jouissance et de paiement. — Délais à observer pour les congés. — Paiement des sous-locations. — Tacite reconduction. — Location de meubles. **31**

VI. Réparations locatives ou de menu entretien. — Contribution des portes et fenêtres. **59**